不读诗，无以言

陪孩子读古诗词

山水童真

马东瑶○编著
叶媛媛○绘

中国少年儿童新闻出版总社
中国少年儿童出版社
北 京

目录

独坐敬亭山

◎ 唐·李白

众鸟高飞尽，
孤云独去闲。
相看两不厌，
只有敬亭山。

敬亭山，在安徽省宣州市北。

　　天上的鸟儿们都高飞远去，叽叽喳喳的世界安静下来，就连最后一片白云也慢悠悠飘走了，只剩诗人独坐山上。他觉得孤单吗？不！还有敬亭山做伴呢。

　　面对风光秀丽的敬亭山，诗人想象着山也正深情地看着自己，相互欢喜不觉厌烦。人与山，就是这样地相亲相爱。

访戴天山道士不遇

◎ 唐·李白

犬吠水声中，桃花带雨浓。

树深时见鹿，溪午不闻钟。

野竹分青霭，飞泉挂碧峰。

无人知所去，愁倚两三松。

带雨浓，一作"带露浓"。

不遇，没有遇到。

霭（ǎi），指云雾。

诗说

　　戴天山在四川江油，因山势高峻直插云天而得名。诗人去山中拜访一位道士朋友，一路只见流水淙（cóng）淙、翠竹青青，灿烂的桃花，奔跑的小鹿，不时传来的狗叫声，从碧绿的山峰上飞流而下的瀑布，满眼都是春天的勃勃生机。真是让人心情愉悦啊！可是，等一等！已经到中午了，为什么还没有听见道观的钟声呢？

　　满腹疑惑的诗人来到道观门前，这才明白：原来道士出门去了。诗人靠着松树，不禁一脸愁闷：这家伙到底去哪儿了呢？

绝 句

◎ 唐·杜甫

江碧鸟逾白，

山青花欲燃。

今春看又过，

何日是归年？

逾（yú），更加。

诗说

　　这首诗仅用二十个字，便为我们描绘了一幅美丽的春景图：在碧绿江水的衬托下，水鸟的羽毛更加雪白，在青翠山峦的掩映下，山花似乎要红成火焰燃烧起来。

　　江、山、花、鸟的春日之景，碧绿、青葱、火红、洁白的春日之色，如此清新悦目，本该开心快乐才对，可正是眼前的景色太美，反而使诗人心中生出悲伤：又是新的一年，又是新的春景，光阴似箭，漂泊的我，何时才能回到家乡呢？

送灵澈上人

◎ 唐·刘长卿

苍苍竹林寺，杳杳钟声晚。
荷笠带斜阳，青山独归远。

上人，对僧人的敬称。
杳（yǎo）杳，深远。
荷（hè），肩扛，背负。

10

　　诗人送好友灵澈（chè）返回竹林寺时，恰是傍晚时分，从暮色笼罩的竹林寺传来了悠远的钟声。背着斗笠的灵澈在夕阳的映照下，独自向远处的青山古寺走去。追随这背影的，是诗人关切的目光。

　　我们似乎看到，诗人久久伫立，目送着朋友远去。那深挚的情谊，如同钟声一样悠长。

鸟鸣涧

◎ 唐 · 王维

人闲桂花落，
夜静春山空。
月出惊山鸟，
时鸣春涧中。

涧 (jiàn)：夹在两山间的水沟。

12

诗说

　　花瓣掉落的声音，你听到过吗？花落本无声，诗人怎么能察觉到桂花的飘落？因为他的内心是宁静的。空寂的夜晚，山中万物都已沉沉睡去，世界一片静谧 (mì)。月亮出来了，月光惊醒了栖息的鸟儿，它们的鸣叫声久久回荡在幽静的山涧中。

华子冈

◎ 唐·裴迪

日落松风起，
还家草露晞。
云光侵履迹，
山翠拂人衣。

晞（xī），干。
履（lǚ），鞋。

诗说

　　唐代诗人王维隐居辋（wǎng）川，华（huà）子冈是其中的一处风景。裴迪和王维是好朋友，经常同游辋川，写诗往来。

　　夕阳西下，松风渐起，晚风吹过树林，露水早已干透，诗人踏着青草地向家里走去。落日的余晖追逐着他的足迹，青翠的山色拂动着他的衣衫，似乎都在恋恋不舍地挽留他。真是一幅风景秀美的晚归图啊。

山居秋暝

◎ 唐·王维

空山新雨后，天气晚来秋。

明月松间照，清泉石上流。

竹喧归浣女，莲动下渔舟。

随意春芳歇，王孙自可留。

暝（míng），黄昏。

浣（huàn），洗。

随意，相当于"尽管"。

王孙，隐居的人。

　　秋天在很多诗人笔下是萧瑟（sè）的，因为花儿谢了，叶子落了，到处显得空空荡荡。可是在王维笔下，这"空山"多美好啊。

　　刚下过雨的傍晚，是那样的空明洁净、清新舒爽。皎洁的月光，透过茂密的松林照落下来；清澈的泉水，在山石上潺（chán）潺流过。幽深的竹林里，远远传来喧闹的说笑声，原来是浣纱的女子们结伴归来；绿色的荷叶，在水面上轻轻晃动，原来是一条条渔舟满载而回。

　　这样宁静又热闹的山林，这样淳朴而温馨的田园，真让人流连忘返啊，就算春去花落，又有什么关系呢。

登鹳雀楼

◎ 唐·王之涣

白日依山尽，

黄河入海流。

欲穷千里目，

更上一层楼。

　　鹳（guàn）雀楼，在山西永济，因常有鹳雀栖息在上而得名。

　　太阳依着西山渐渐沉落，黄河奔腾着流向东海。这如画的江山，有日落西山的静美，也有黄河咆哮的壮美，既有动又有静，既有看见的实景，又有心里的想象，因为所谓黄河入海是诗人看不到的景象。

　　后两句更是从眼前景上升到一种思考：如果想看到更远更美的风景，就应该再往高处登攀。这个道理可以用来欣赏景色，也可以用来激励人生。

19

寻隐者不遇

◎ 唐·贾岛

松下问童子，
言师采药去。
只在此山中，
云深不知处。

隐者，隐居在山林里的人，常指
不肯做官而隐居山野的贤士。

　　这首小诗由对话组成。发问的是诗人："请问尊师在吗？"童子的回答十分有趣。第一句说："不在，师父采药去了。"可以想见，诗人听了自然是失望的。可是童子的第二句话又给了他希望："师父就在这座山中。"诗人精神一振："那我怎样才能找到他？"结果童子的第三句话又浇灭了他的热情："在山中云雾缭绕的地方。"

　　山这么大，云这么多，隐士自然是无处可寻的。自始至终，隐士都没有露面，但从他的生活环境：苍翠青松下，缥缈（piāo miǎo）白云中，我们似乎已经看到了那一位仙风道骨的高士。

山中

◎ 唐·王维

荆溪白石出，

天寒红叶稀。

山路元无雨，

空翠湿人衣。

荆（jīng）溪，源出陕西蓝田县西南。

元，本来。

诗说

　　秋末冬初的山中，应该十分萧条吧？可是在王维笔下，白、红、翠的颜色，组成了多姿多彩的画面，处处充满诗意。

　　冬天水浅，山溪只剩下细小的水流，露出河床中被冲刷得十分洁净的白石；天气寒冷，树叶已经纷纷凋（diāo）落，只剩下为数不多的几片红叶，那几点红色反而更显绚（xuàn）烂。山中多苍松翠柏，人走在山间小路，仿佛笼罩在一片翠雾之中，生出一种细雨湿衣般的感觉，真想飞到那山中去呼吸一口新鲜的空气啊。

江雪

◎ 唐·柳宗元

千山鸟飞绝，万径人踪灭。

孤舟蓑笠翁，独钓寒江雪。

诗说

　　这是一幅江上雪景图，山山是雪，路路皆白，飞鸟和行人都没有踪影。满是冰雪的江上，一位老翁披着蓑（suō）衣、戴着斗笠，独自在小舟中垂钓。

　　在这首诗中，诗人先把背景写得广大辽阔，把"千山"和"万径"装在画面里；又给江上的一叶扁舟，和舟上穿蓑衣戴斗笠的老翁来了个特写，写出了在这纯洁而宁静的天地间，这位渔翁的清高和孤傲。

　　柳宗元喜欢把山水写得幽僻寂寞，不带一点儿人间烟火气，前人说此诗"读之便有寒意"，你感受到了吗？

晓 日

◎ 唐·韩 偓

天际霞光入水中，

水中天际一时红。

直须日观三更后，

首送金乌上碧空。

直须，就该，正应当。

三更，半夜十二点左右。

金乌，太阳，传说太阳中有三足乌。

你看过日出吗？如果看过，你一定知道观日出最好的地方是水边和山上。韩偓（wò）这首诗写的就是水边观日的景象。

天刚亮的时候，朝霞映入江中，水面犹如金蛇舞动，水和天都被霞光染成一片红色。此时诗人浮想联翩（piān），想象着如果在三更时来到泰山日观峰，定能成为第一个将朝阳送上青天的人。

在"红""金""碧"这三种颜色的强烈对比和冲击下，太阳的气势真是喷薄而出啊！

登飞来峰

◎ 宋 · 王安石

飞来山上千寻塔，

闻说鸡鸣见日升。

不畏浮云遮望眼，

只缘身在最高层。

诗说

　　飞来峰，在浙江绍兴城外，传说是从海中飞来。古时峰上有应天塔，俗称塔山。寻，古代的长度单位，以八尺（或七尺）为一寻，千寻是夸张的说法。

　　站在飞来峰的塔顶，公鸡一叫就可以看见太阳升起。为什么那么早就能看到太阳？因为"站得高，看得远"，身在塔的最高层，不必担心浮云会遮挡视线，一切景物尽收眼底。后两句最能体现诗人那不凡的胸怀抱负，多读几遍你就能感受到啦。

题西林壁

◎ 宋·苏轼

横看成岭侧成峰，

远近高低各不同。

不识庐山真面目，

只缘身在此山中。

诗说

    这首诗作者写在江西庐山西林寺的墙壁上。庐山是南北走向，横着看是绵延起伏的山岭，从侧面看却是险峻的峰峦（luán）。到底庐山是什么样子呢？我们说不清楚，是因为身在此山之中。

    有一个成语与此诗意义相近："当局者迷，旁观者清"，说的是下棋的人深陷棋局之中经常会感到迷茫，而看棋的人由于能跳出棋局、观其大略，反而能够清清楚楚识得"真面目"。

次北固山下

◎ 唐·王湾

客路青山外，行舟绿水前。

潮平两岸阔，风正一帆悬。

海日生残夜，江春入旧年。

乡书何处达？归雁洛阳边。

次，旅途中暂时停留，此处指停泊。

北固山，在江苏镇江北面，三面临江。

诗说

　　青山绿水间，诗人跋山涉水，看到春潮涨起，江面似乎已和两岸齐平，给人十分开阔的感觉。在这片令人心情舒爽的景色中，春风顺着船行的方向，把帆吹得高高挂起。这平野广阔、大江直流、波平浪静的景象，正写出了江南早春丰沛的水意和勃勃的生机。

　　江面上，一轮红日从未尽的夜色中涌出，暖暖的春意似乎迫不及待地扑向旧岁的怀抱。新年快到了，诗人却还在漂泊，家信不知何时能到达。北归的大雁啊，拜托你经过洛阳的时候，给我的家人报个平安吧。

宿建德江

◎ 唐·孟浩然

移舟泊烟渚，

日暮客愁新。

野旷天低树，

江清月近人。

建德江，在今浙江省。

渚 (zhǔ)，水中的小块陆地。

34

诗说

　　傍晚时分，小舟停靠在雾气笼罩的小沙洲旁；夕阳西下，游子渐渐忧从中来。旷野一望无际，天空似乎垂落下来，把树压得低低的；江水清澈，明月映在江面摇摇晃晃，好像要与人亲近。

　　漂泊的小舟、空旷的郊野、寂静的天空，都是因为诗人用一颗忧愁的心来观察世界，才有了这些令人伤感的景象。好在寂寞漂泊的"我"还有一轮明月相伴，它随着碧波向我移动，仿佛在劝解我不要过于忧愁。

望天门山

◎ 唐·李白

天门中断楚江开，

碧水东流至此回。

两岸青山相对出，

孤帆一片日边来。

诗说

　　天门山位于安徽，两山隔江相对，好像是天造地设的门户，所以叫天门。楚江，就是长江。

　　长江犹如一把巨斧劈开了天门山，向东奔流的一江碧水至此回旋，转道向北。随着两岸的青山渐次出现在眼前，天边有一叶扁舟悠悠漂了过来。

　　青山碧水、白帆红日，真是一幅美丽的画啊，而且动感十足，于是长江行船图变成了一幕幕生动的电影镜头，由远及近、再由近到远地展现在我们面前。

早发白帝城

◎ 唐·李白

朝辞白帝彩云间，

千里江陵一日还。

两岸猿声啼不住，

轻舟已过万重山。

　　白帝城，在重庆奉节白帝山上。江陵，在湖北荆州。李白因罪流放夜郎，但还未到贬（biǎn）地便获得赦（shè）免，在归家路上写下了这首诗。他说，在清晨告别了云彩环绕的白帝城，千里之外的江陵我一日之内就能到达。听着行舟两岸此起彼伏的猿啼声，我轻快的小舟已经掠过了千万重山。

　　这首诗全篇都在说自己归家速度之快，其实白帝城与江陵相隔千余里，其中还包括七百里三峡，未必真的就能在一日间到达，诗人只是以此写出了自己的归心似箭，写出了经历艰难后"守得云开见月明"的激动。在小舟迅疾的行驶中，充满了他的豪情和欢悦。

39

渔歌子

◎ 唐·张志和

西塞山前白鹭飞，

桃花流水鳜鱼肥。

青箬笠，绿蓑衣，

斜风细雨不须归。

渔歌子，词牌名。

箬（ruò）笠，竹子编的斗笠。

词说

　　张志和隐居在西塞山（今浙江湖州西），看到春色如画，挥笔写下了这首优美的小词。

　　西塞山前有白鹭上下翻飞，春日桃花盛开，春水盛涨，这时的鳜（guì）鱼最为肥嫩。渔父（fǔ）头戴青竹笠，身披绿蓑衣，在这山水之间悠然自得地垂钓，那轻拂的斜风飘飞的细雨，更增添了几分意趣。想象着渔父的悠闲，实在是令我们心驰神往啊。

滁州西涧

◎ 唐·韦应物

独怜幽草涧边生，

上有黄鹂深树鸣。

春潮带雨晚来急，

野渡无人舟自横。

诗说

　　滁 (chú) 州在安徽，西涧是城西郊野的一条小河，景色清幽。诗人开篇就以"独怜"二字表达了对这片郊野景色的偏爱。涧水旁边，青草丛生，幽深的树林中不时响起黄鹂清脆的啼鸣。傍晚时分，一场春雨不期而至，河水伴着风雨流得更加湍 (tuān) 急。

　　在这静悄悄的渡头，只有一叶小舟，在岸边随水波上下浮动。咦？船家呢？

　　没有客人渡河，他正悠闲地躺在船头呢。

忆江南

◎ 唐·白居易

江南好，

风景旧曾谙。

日出江花红胜火，

春来江水绿如蓝，

能不忆江南？

谙（ān），熟悉。

江花，江边的花朵。

蓝，蓝草，可制青蓝色染料。

词说

　　白居易年轻时曾游苏杭，后又在苏杭做官多年，因而对江南有特别的热爱之情。这首词是他晚年闲居洛阳时所作，描写回忆中的江南美景。

　　词人深情地写道：江南多么美好，风景是那样的亲切熟悉。你问那是如何的美好？看！江边的红花在旭日映照下胜似火焰，那一江春水碧绿犹如蓝草。这样美的风景，怎能不使人怀念？词人用了最绚烂的颜色来涂抹江南的美景，而他对江南的情感，也如这颜色一样热烈。

泊船瓜洲

◎ 宋·王安石

京口瓜洲一水间，
钟山只隔数重山。
春风自绿江南岸，
明月何时照我还？

自绿，一作"又绿"，此处版本源自南宋
李壁注《王荆文公诗》。

诗说

　　瓜洲，在今天江苏扬州市南，位于长江北岸，与长江南岸的京口一水之隔。钟山，即南京的紫金山。

　　诗人的小船停靠在瓜州渡口，南岸的京口近在咫（zhǐ）尺，而从这里到家乡钟山，中间也不过隔了几重青山。和暖的春风吹绿了江南的草木，明月何时才能伴我回到家乡呢？

　　王安石是北宋著名的改革家，此时他应皇帝召令，去往京城主持变法，他多么期待早日变法成功，早日回到这春风绿草明月的美好江南啊。

48

饮湖上初晴后雨

◎ 宋·苏轼

水光潋滟晴方好，

山色空濛雨亦奇。

欲把西湖比西子，

淡妆浓抹总相宜。

潋滟（liàn yàn），水波荡漾的样子。

濛（méng），下小雨的样子。

诗说

　　苏轼和朋友一起去西湖荡舟饮酒，天气晴好，令人愉悦，谁知没多久竟下起雨来。一般人可能会觉得扫兴，苏轼却仍然很有兴致，因为雨天的西湖也别有风采。

　　你看，西湖不论晴天雨天都风姿出众：晴天，水波荡漾（yàng）、波光粼（lín）粼，美丽极了；雨天，四周的山峦笼罩在蒙蒙小雨之中，也别是一番奇妙景致。这样处处迷人的西湖，正如那越国的美女西施，无论淡妆的朴素还是浓妆的娇艳，都一样迷人。这一个绝妙的比喻，便赋予了本来无知无觉的西湖以江南美女的灵动清雅，令人回味不尽。

题君山

◎ 唐·雍陶

烟波不动影沉沉，

碧色全无翠色深。

疑是水仙梳洗处，

一螺青黛镜中心。

影，君山映在水中的倒影。

螺，形如螺状的发髻（jì）。

青黛（dài），青黑色。

诗说

　　君山，又名湘山，位于湖南洞庭湖中。水仙，是舜的妃子——娥皇和女英，死后化为湘水女神。传说她们曾在洞庭湖之中遨（áo）游。

　　洞庭湖水平滑如镜，君山映在湖面倒影沉沉。湖山相映，浅绿的水色被深翠的山影掩盖。这莫非就是水仙梳洗的地方？君山倒映水中，就像湘水女神青色的螺髻映在明镜之中，不禁让我们浮想联翩：那有着美丽发髻的湘水女神，她们的容颜又该是如何迷人呢？

十七日观潮

◎ 宋·陈师道

漫漫平沙走白虹，
瑶台失手玉杯空。
晴天摇动清江底，
晚日浮沉急浪中。

　　农历的八月十七、十八是钱塘江潮潮水最大的日子。诗人描写的就是此时观潮看到的景象。

　　潮头涌上宽阔的平沙，如同一道白虹飞奔而来。这飞溅的浪花，是不是天上瑶（yáo）台的神仙不小心打翻了玉杯，将那甘甜的仙酒泼向了人间？晴朗的天空倒映在清澈的江水中随波浮动，黄昏的一轮夕阳也在急浪中起伏不定。本来静止的"晴天"在摇动、"晚日"在浮沉，这潮水该是多么澎湃（péng pài）壮观啊！

54

暮江吟

◎ 唐·白居易

一道残阳铺水中，
半江瑟瑟半江红。
可怜九月初三夜，
露似真珠月似弓。

吟 (yín)，咏叹。

瑟 (sè) 瑟，碧绿色。

可怜，可爱。

诗说

　　白居易赴任杭州刺史的途中，在江边见到满眼的美景，不禁吟诗一首。

　　傍晚时分，一道残阳倒映水中，一半的江水幽深碧绿，另一半则被落日照得火红。九月初三，并不是什么特别的日子，可这夜晚却是如此惹人怜爱：露水仿佛团团珍珠、晶莹透亮，头顶初升的新月则弯如细弓，高高地挂在天宇之上。

望庐山瀑布

◎ 唐·李白

日照香炉生紫烟，
遥看瀑布挂前川。
飞流直下三千尺，
疑是银河落九天。

诗说

庐山在江西九江，香炉峰是庐山的南面山峰，因为常有云雾环绕，如同烟气袅（niǎo）袅的香炉，所以称之为香炉峰。

日光照耀、紫气缭绕的香炉峰如同仙境。你看，这仙境的山前还挂着一幅画呢。画的是什么？瀑布。

错啦！它可不是画。瞧那飞流而下的气势，似乎有三千尺那么高，简直就是银河水从高高的天上直接落下来的啊。

瀑布

◎ 唐·施肩吾

豁开青冥颠，

泻出万丈泉。

如裁一条素，

白日悬秋天。

青冥（míng），天空。

巅（diān），最高处。

素，白色的丝绸。

诗说

像是把蓝天的最顶端劈开，瀑布从千万丈的高空中一泻而出。仿佛被人裁出了一条白色的丝绸，把太阳系在那秋日的天空。

仁者乐山，智者乐水，古代诗人很喜欢写自然界的山与水。与江河湖海的平面流淌不同，瀑布是由高到低流下，更具冲击力，也更为震撼。诗人们常把瀑布写成从天上流下的清泉，这首诗更将瀑布和太阳联系起来，说好像用瀑布这条白绸把白日悬在天空，这想象真是新奇又传神啊。

登 高（节选）

◎ 唐·杜甫

风急天高猿啸哀，
渚清沙白鸟飞回。
无边落木萧萧下，
不尽长江滚滚来。

渚（zhǔ），水中小块陆地。
萧萧，落叶的声音。

　　这首诗是作者晚年在四川夔（kuí）州所作。

　　夔州的秋天风急天高，峡谷中的猿声凄切悲凉。三峡一带自古便有民谣，"巴东三峡巫峡长，猿啼三声泪沾裳"。小洲边江水清澈、沙岸洁白，鸟儿不住地回旋。在萧瑟的秋风中，无边的秋叶纷纷落下，汹涌的长江水奔流不息。

　　登高远眺的诗人，听到了猿的哀啼，看到了纷纷飘坠的落叶，他的心中是凄凉的；但看到那滚滚而来的长江水，他的心中又涌动起像江水一般不灭的壮怀与激情。

61

枫桥夜泊

◎ 唐·张 继

月落乌啼霜满天，

江枫渔火对愁眠。

姑苏城外寒山寺，

夜半钟声到客船。

诗说

　　枫桥，在江苏苏州城西。姑苏，苏州的别称，寒山寺，在枫桥附近。

　　诗人深夜泊舟枫桥附近，勾起了一腔人在旅途的愁思。月色西斜，乌鸦啼叫，秋夜寒意深重。陪伴着诗人的，只有对面江边的枫树和不远处渔船上星星点点的灯火。在这夜半忧愁难眠的时候，姑苏城外的寒山寺开始打钟，那悠悠的钟声，在寂静的夜空中飘到了孤寂的客船上，也绵长地回响在我们的耳畔。

题龙阳县青草湖

◎ 元·唐珙

西风吹老洞庭波，

一夜湘君白发多。

醉后不知天在水，

满船清梦压星河。

诗说

　　龙阳县，在湖南汉寿。青草湖，位于洞庭湖东南，得名于湖南面的青草山。湘君，即舜的妃子娥皇和女英，死后化为湘水女神。

　　强劲的西风一刻不停地吹动在洞庭湖上，那泛起的层层水波，黢（qū）黑中夹着银白，犹如湘水女神的黑发中骤然添了许多银丝。醉后的世界更是颠倒一片，不信你看！银河都坠入江河之中，船在星上，梦在船上。

66

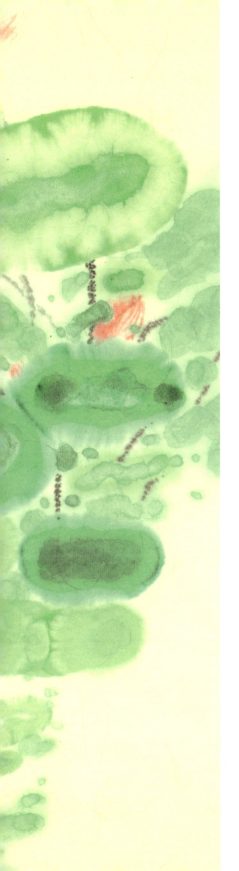

池 上

◎ 唐·白居易

小娃撑小艇，
偷采白莲回。
不解藏踪迹，
浮萍一道开。

小艇（tǐng），小船。
不解，不知道。

诗说

　　小小的人，小小的船，悄悄溜到荷花池里做什么？原来是偷偷摘了一朵白莲。回去吧，还不晓得隐藏行踪。怎么，说你你还不服气，一个劲儿冲我嘟嘴呢？你自己回头瞧瞧，那水面上的绿萍分开了一道一道，道道都指着你逃去的方向呢！

幼女词

◎ 明·毛铉

下床着新衣，
初学小姑拜。
低头羞见人，
双手结裙带。

　　刚穿上新衣的小女孩笑声朗朗,跳下床来,抖擞(sǒu)双袖,一拜天地,二拜高堂……也不知是从哪个出嫁姐姐的婚礼上学来的,这装模作样,还学得挺像。好了,到最后一拜了,转个身过去,对面却是一片空荡。邻家大娘走过来,笑呵呵地问一句:"谁是你的新郎?"小女孩突然害了臊(sào),两只手绞弄着裙带,又拉起来,遮一遮那羞红了的脸庞。

70

题 画

◎ 清·袁枚

村落晚晴天，
桃花映水鲜。
牧童何处去？
牛背一鸥眠。

诗说

　　傍晚的村庄，桃花倒映在被晚霞染得绯 (fēi) 红的水面上，好一片鲜亮明媚的春光。水边吃草的耕牛也犯困了，只是偶尔动一动嘴巴，长长的睫毛像要黏 (nián) 上，任凭鸥鸟轻轻睡在它的背上。放牛的小孩已经不知去向。该回来啦，该回来啦，难道不知道你的"牛背宝座"已经被鸥鸟抢去了？

小儿垂钓

◎ 唐·胡令能

蓬头稚子学垂纶，侧坐莓苔草映身。

路人借问遥招手，怕得鱼惊不应人。

纶（lún），钓鱼用的线。垂纶就是垂钓。

莓苔，青苔。

诗说

  正愁找不到路，四下看看，草丛里像是有个人。刚一张开嘴，"请问"两个字还没出口呢，一只摇摇晃晃的手伸出老高，摆来摆去地打着手语说"不知道"。嘿，这小子，你知道我要问什么吗？还想追问，细细看去，原来是个头发跟鸡窝似的小孩，歪着身子在河边等鱼上钩，一口大气都不敢出呢！

田 家

◎ 宋·范成大

昼出耘田夜绩麻，

村庄儿女各当家。

童孙未解供耕织，

也傍桑阴学种瓜。

绩 (jì) 麻，搓麻线。

童孙，最小的孙子。

未解，不知道。

诗说

　　农忙时节，家里的儿女都早出晚归，各有各的事干，最小的弟弟心里也犯痒痒了。光是看着哥哥姐姐锄草搓麻，多没意思！虽说锄头扛不动，纺织机搞不懂，但小弟我人小志气大，撅 (juē) 着屁股在桑树底下，左磨一下，右蹭两下。瞧！我也会种瓜啦！

宿新市徐公店

◎ 宋·杨万里

篱落疏疏一径深，

树头花落未成阴。

儿童急走追黄蝶，

飞入菜花无处寻。

诗说

——你在看啥？

——喏（nuò），从稀疏的篱笆望过去，一条小径弯弯绕
    绕，泥鳅（qiū）似的。树头的叶子不多，花也落了。

——这有什么好看的？

——哎呀，别急，看，那边不是正玩着捉迷藏吗？

——啊！蝴蝶！抓呀抓呀！当心！真狡猾，它躲到黄菜
花里去啦！那小孩眼神儿再好也找不到啦！

清平乐·村居

◎ 宋·辛弃疾

茅檐低小。溪上青青草。

醉里吴音相媚好，白发谁家翁媪。

大儿锄豆溪东。中儿正织鸡笼。

最喜小儿亡赖，溪头卧剥莲蓬。

媚好，爱悦，喜欢。

媪（ǎo），老奶奶。

亡（wú）赖，顽皮可爱。亡，通"无"。

词说

屋檐低低，茅屋小小，溪边长着青青的草。头发白了，声音醉了，谁家的奶奶正说着吴侬（nóng）软语？东边地里，大儿锄豆；西边屋里，二儿编笼——一个、两个……咦？怎么少了一个？水里漂来一朵莲蓬（péng），顺水看去，这个淘气包！最小的幺儿趴在溪头，笑嘻嘻地正剥莲子呢！

行万里路 读万卷"诗"

  诗词歌赋是融汇在古人生活之中的。一千多年前，李白漫游到安徽泾县的时候，受到村民汪伦热情的招待，等他坐船离开的时候，还踏歌相送。有感于汪伦的情意，李白挥笔写下"桃花潭水深千尺，不及汪伦送我情"这样脍炙人口的句子。

  现代人虽然有了新的生活方式，但千载之下，人同此心，心同此情，今天，我们再读这首《赠汪伦》，依旧能从诗中感受到那份真挚淳朴的友情。所以，不管时代如何变迁，经典诗词总能穿越时空，慰藉我们的心灵。

  那么，对于刚刚接触古典诗词的小朋友来说，怎么启蒙呢？我认为，吟诵是十分重要而又可行的学习方式，它能从声韵节奏上培养孩子对诗词的艺术感觉。小儿憨豆今年十岁，有一次他背杜甫的《江畔独步寻花》："留连戏蝶时时舞，自在娇莺恰恰啼"，把"恰恰"读成了"哈哈"，还"自圆其说"："为什么不能是'哈哈'，黄莺很高兴啊。"我解释："'恰恰'是一个拟声词，模拟黄莺的啼叫声。它是在叫并不是在笑啊。而且，'娇莺哈哈'连着读下来，不觉得像'圆明园南门'一样别扭吗？"

我们有一次坐公交车去圆明园，车上报到"圆明园南门"的站名时，憨豆说："怎么觉得有点别扭。"我回答："因为它连着说了五个阳平字。读诗也好，说话也好，需要抑扬顿挫。"当然，由于今天的普通话跟古音有了很大区别，致使很多诗的平仄发生了变化，但大体来说，古诗词的吟诵对于培养孩子的艺术感觉还是十分有效的。

流传下来的古诗词成千上万，什么样的作品是适合孩子学的呢？我以为，总的原则是贴近孩子的世界，表现真善美的情感。本册以"山水童真"为主题。山水表现自然之美，童真表现孩童的天真可爱。需要说明的是，只要有涉及山水童趣描写的内容，便在我们的选编范围之内，而并不一定以整首诗的主旨为考虑。

城市里的孩子，从小生活在钢筋水泥的丛林中，虽然感受到很多现代化的便利，却似乎越来越远离了山水自然，连星星都很难看到。降临到这个美丽的世界，却不能感受山川大河的美好，这将是多么遗憾的事！所以，让我们一起——行万里路，读万卷"诗"。

来到乡间野外，身处山水自然之中，才能欣赏到"江碧鸟逾白，山青花欲燃"的灿烂，才能体会到"飞流直下三千尺，疑是银河落九天"的壮观，才能感受到"明月松间照，清泉石上流"的清新，并能从或壮阔或秀美的景色中悟到一些人生的道理："欲穷千里目，更上一层楼"；"不识庐山真面目，只缘身在此山中"……

如果说"行万里路"使人对诗词中的生动描写有了身临其境的感受，诗词在我们的脑海中活了起来；那么"读万卷'诗'"则使人身处山水之中时立刻能生发诗意的体会，让我们的感官活了起来。这是多么愉悦的体验！

至于那些表现童真的诗，孩子们自然更容易感同身受。虽然游戏的方式可能不一样了，但诗里那种和自然一样美好的天真烂漫，是很容易便从字里行间感受到的。当家长陪着孩子一起读这些诗的时候，相信他们也跨越时光的阻隔、一起回到了那最美好的童年。

本书注释解读部分由北师大古代文学专业的几位博士生和硕士生周沛、韦昕楠、陆嘉琳、谢文君完成初稿，由我修改定稿。特此说明。

马东瑶

作者

马东瑶　北京大学古代文学博士，北京师范大学文学院副院长，古代文学研究所教授，博士生导师，中国宋代文学研究学会理事。

叶媛媛　中央美术学院影像艺术系毕业，主要从事实验影像和插画制作。2016年入选文化部国家艺术基金插画艺术人才培养项目。喜欢陪女儿看绘本、讲故事、角色扮演、剪纸和泥塑。

杨海波　又名播播哥，中央电视台著名配音员，长期为《新闻周刊》《新闻1+1》《道德与观察》等新闻节目配音，也为《Discovery探索》《传奇》《国家地理》等纪录片配音。

特别感谢北京大学中文系博士生导师张鸣教授对本书的认真审读。

图书在版编目（CIP）数据

陪孩子读古诗词.山水童真／马东瑶编著；叶媛媛绘.
— 北京：中国少年儿童出版社，2017.9（2021.4重印）
ISBN 978-7-5148-4072-8

Ⅰ.①陪… Ⅱ.①马… ②叶… Ⅲ.①古典诗歌－诗集－
中国－少儿读物 Ⅳ.① I222.72
中国版本图书馆 CIP 数据核字（2017）第 138007 号

山水童真 SHAN SHUI TONG ZHEN
（陪孩子读古诗词）

出版发行：中国少年儿童新闻出版总社
　　　　　中国少年儿童出版社

出 版 人：孙　柱

执行出版人：马兴民

策　　　划：缪　惟　史　钰　　　封面设计：蔡　璐
责 任 编 辑：史　钰　　　　　　　责任校对：刘文芳
美 术 编 辑：徐经纬　　　　　　　责任印务：厉　静
社　　　址：北京市朝阳区建国门外大街丙 12 号
邮 政 编 码：100022
总 编 室：010-57526070
编 辑 部：010-57526318
发 行 部：010-57526568
官 方 网 址：www.ccppg.cn
印刷：北京利丰雅高长城印刷有限公司
开本：787mm×1092mm　1/12　　　印张：7.5
版次：2017 年 9 月第 1 版
印次：2021 年 4 月北京第 9 次印刷
印数：90601-102600 册　　　　　定价：62.80 元
ISBN 978-7-5148-4072-8